KB098893

낙타에게 미안해

J.H CLASSIC 072

낙타에게 미안해

이 섬 시집

지혜

맑은 마음으로 시를 쓰는 것이 즐겁다.

꼭꼭 숨어서 보여주지 않는 시의 틈새를

찾아내는 일 또한 가슴 두근거리는 설레임이다

여덟권 째 시집을 상재하면서,

내 시의 골격이 되어준
모두에게 감사한다.

2021년 초여름

이　섬

차 례

2부

3부

4부

• 일러두기
　한 연이 첫 번째 행에서 시작될 때는 > 로 표시합니다.

1부

벨라지오

― 삼박자

마법이 풀렸나보다 하루에도 서너 잔씩 습관처럼
먹어대던 커피가 싫어졌다 때 없이 가슴을 쿵쾅거
리는 삼박자 커피가 갑자기 싫다 그렇다고 건강을
챙기는 것도 아닌데, 흥겨운 옛 가락의 추임새도 아
니면서 음정과 박자 음향이 잘 어울린다는 화음이
잘 맞는다는 삼박자, 달콤하고 쌉쌀하고 부드러운 맛,
레가토, 스타카토, 포르타토로 어울리는 음역을 좋아
했었는데, 텁텁하고 달큼한 맛의 늪에서 허우적이며
빠져나오지 못했다

어느 날부터 였더라 썰물처럼 쓸어가 버린 맛의 반란
모래펄에 돋아난 송골송골한 혓바늘을 잠재우려
쌉쌀한 맛에 길들이고 있다

고개만 까딱이면 노란색, 빨강색, 초록색으로 얼굴색이
변하는 경극의 주인공처럼 수시로 변하는 나,

이제 그만 마법의 상자에서 꺼내주세요!

사슴, 4차원 세계로 ―

황금비율로 몸매가 날렵하게 만들어진 청동 사슴 한 마리,
한껏 멋을 부리며 진보랏빛 선글라스를 입에 걸치고
지나가는 사람들을 살피고 있다

그는 왜 당근도 산야채의 열매도 아닌 멋스러운 보라색 톤의
선글라스를 입에 물었을까

그는 지금 4차원의 화려한 문화에 눈독들이고 있는 건 아닐까
입맛을 다시는 건 아닐까
자신이 관심의 대상이라는 것도 잊은 채,
아련한 눈빛으로,

통유리로 잘 다듬어진 한방병원 대기실에
어디에선가 청량한 산바람이 스친다

그의 숨결이 묻어있는 낯익은 바람결 따라
울타리도 경계목도 없는 산비탈의 가족 품으로
달려가고 싶은 마음을 가려주는 진보랏빛 선글라스.

하염없이 나를 바라보는 선글라스.
선뜻 발걸음을 떼지 못하게 한다

누가 날 위해 저 꽃을! —

삼척 임원항을 뒤로하고 올라간 산꼭대기,
탁 트인 동해바다를 배경으로 앉은 절세가인,
단정하고 정갈한 옷매무새며 선이 고운 이목구비,
기품어린 수로부인이 산마루에 앉아 있다

만산 만야에 흐드러진 진달래 철쭉으로
꽃다발 만들어
섬섬옥수
고운 손에 안겨주고 싶었다
입 꼬리를 살짝 올리는 그녀의 단아한
미소를 보고 싶었다
헌화가를 바치고 싶었다

"누가 날 위해 저 꽃을 꺾어오겠는가?"

　　자줏빛 바윗가에
　　암소 잡은 손 놓게 하시고
　　나를 아니 부끄러워하시면
　　꽃을 꺾어 바치겠나이다.*

>

패기 있고 용기 있는 젊은이는 아니지만

암소 끌고 가는 노인의 헌화가에

수로부인 발그레한 미소 머금는다

* 신라 선덕왕 때 수로부인에게 바치는 헌화가.

낙타에게 미안해

새벽 녘, 달빛도 숨어버린 캄캄한 밤이었어

쌍봉낙타의 등에 앉아서

이집트의 시내 산을 오르는 길이었지

나무 한 그루 풀 한 포기 없는 돌산 길,

행여 떨어질세라 손이 저리도록

낙타 등에 달린 2개의 봉우리를 움켜쥐었지

서서히 어둠이 걷히기 시작하는 새벽녘

나는 못 볼 것을 보고야 말았어

지그재그로 이어진 가파른 돌계단을 오를 때,

바르르 떨고 있는 가녀린 낙타의 다리

＞

덕지덕지 군살 돋아 갈라터진 무릎

그렁그렁 눈물가득한 눈망울,

방향을 조종하는 채찍소리

낙타의 등에 앉아 조금 더 편하게 산을 오르려는

무심한 나는,

예수님 성지를 찾아가는 순례의 길이었어

생각할수록 미안한 순례의 길

오랜 세월이 지났지만 지워지지 않는

실루엣

낙타에게 미안하다

바다, 지문

밀물 썰물로 성글게 다져진 격포항 모래밭에서
내 구역이라고 내 터전이라고
획을 그어 눌러쓴 바다의 지문을 보았다
모래펄에 사방연속무늬로
상형문자처럼 갑골문자처럼
파도가 건네 준 기호,
어지럽게 그어진 내 삶의 회로가 거기 있었다
기쁨과 슬픔이 얽히고설킨 손가락 지문
어느 무인도 보물섬의 비밀문서일까
수평선을 휘돌아온 해일이 건네준 선물인지도 몰라
닳고 닳은 내 손가락 지문을 맞춰본다

파도의 등고선이 달려와
물너울 꽃을 활짝 피운다.

그도 역시 닮은꼴이다

꿀벌들의 말은 참 달콤하다

꿀벌들은 누구나 자기만의 칩을 갖고 있다
그들만의 언어,
그들끼리만 통하는 기호와 동작이 있다
먹잇감을 찾아 떠돌아다니는 그들에겐
춤이 곧 말이다 언어다

가까운 거리에 꽃이 있을 경우 원형 춤을 춘다
시계방향으로 빙글빙글 돌면서 또는
반대로 돌면서
꽃이 있음을 알린다
원형 춤을 본 동무들은
꽃을 찾아 날아온다

꿀벌들은 그들만의 대화와 몸짓으로
꽃 핀 장소와 위치를 너끈히 측정하는
암호가 있다
배려와 양보, 끈끈한 나눔을 설정한다

두두두두
서로의 존재를 확인하는 달콤한 칩이 장착되어 있다

반딧불이 축제

그동안 눈을 씻고 보아도 찾을 수 없더니

반딧불이, 이곳에 다 모여 있었다

섬속의 섬, 선셀 선착장의 강줄기를 따라

어두워야만 제 모습을 드러내는

잡목 우거진 숲 속이 그들의 아지트다

어느 누구도 짐작 못하도록 완벽하게 위장된 방어벽

이곳이 너희 군락이 모여 사는 집성촌이구나

낮에는 쥐죽은 듯 숨죽이고 있다가

밤이 되면 일제히 쏟아 붓는 불빛세례

더 많이 반짝이고 더 많이 눈에 띄어야 한다

\>

허락받은 14일의 생을 위하여

짝을 찾아 구애를 한다

수천수만 개의 깜박이 전구로 유인하는
한여름 밤의 축제
숲속에 펼쳐진 아름다운 파티
중세 귀족들의 살롱에 초대받은 듯
몸가짐이 조심스럽다

고개를 젖히고 하늘을 바라보니 견우성을
찾는 직녀 별자리가 가깝게 보인다

보름사리*

매월 보름께가 되면 속살이 물러진다는 박달대게
이리 저리 눈알 굴리며 달빛렌즈에 각을 맞춘다

환한 달빛에 비친 제 모습이 부끄러워서,
툭 불거진 눈매며 뻘쭘하게 뻗은 다리,
사납게 움켜쥔 집게발
어디 한 곳 마음에 들지 않는다

딱딱한 갑각의 표면 돌기 세밀하게 비춰주는
달빛 탓이라고,
반듯하게 직립보행을 가르쳐주지 못한
조상 탓이라고,

식음을 전폐하고 한 사흘 투덜투덜
입에 거품을 물더니
속앓이를 해대더니
슬며시 기울어가는 달님과
밀당 끝내고,

다시 달빛에 빛나는

집게발을 투구처럼 높이 쳐들고
파도 속으로 파도 속으로 전진하는 박달대게.

* 음력 보름날의 밀물과 썰물.

한여름 밤의 편지

은하계에서 문자 메시지가 왔다
신호음과 함께
철탑 모양의 그림이 뜬다

6억 5천만km를 달려와야 하는
천왕성?
해왕성?
은하를 건너서 행성을 타고 자전과 공전을
거듭하며 여기까지?

곱게 접혀있는 사각봉투를 열어본다
                 (당첨을 축하드립니다)
장마철의 우울을 싹 가져주는
어느 별이 보낸 전송 메시지

답장을 쓰기위해
천체도감을 펼쳐놓고
별밭에 흩뿌려 있는 별 중에서 찾아낸
가장 멋진 별자리,

\>

여름하늘을 가로지른 은하수 위로
백조 한 마리 멋지게 비상한다

시나위

― 설화

하조대에 가면
귀티 나게 잘 생긴 등대가 있다
그림처럼 어여쁜 정자가 있다
하 씨 집안 총각과 조 씨 집안 처녀의
사랑이야기가 있다
등대를 배경으로 바윗등에 흙을 삼아
뿌리 내린 키 낮은 해송,
20년 30년이 지나도 자라지 않는
벙어리 냉가슴이 있다
거친 비바람 몰아치는 해풍에
꺾이지 않겠노라는 다짐이 있다

빨강치마 연두저고리
내 신혼이 있다

토닥토닥 사랑싸움 한 날이면
속초로 갈 것인가 강릉으로 갈 것인가
내 망설임이 있다

쌓이고 쌓여서

더 많은 것이 있는 듯
아무것도 없는 듯,

불장골 저수지

노루 꼬리만 한 겨울햇살이 반갑게 맞아주는
불장골 저수지
찬바람 거두어들인 한가한 오후
설경이 아름답다는데, 눈은 오지 않고,

인적이 끊긴 고즈넉한 등산로가
제 모습을 다 보여준다
속마음 겉마음 감추지 않고
한적함 속에 묻어있는 쓸쓸함까지,
오랜 세월 함께 어울려온
소나무 군락이 등을 받쳐주고,

등산로를 끼고 오르자
사람의 그림자도 없는 그곳에 작은
저수지가 꽁꽁 얼어있다
빠르게 전염되는 쓸쓸함의 바이러스
오랜 세월 물 밑에 고여 온 외로움의
입자가 모여서 얼어붙은 것만 같다
꽁꽁 얼어있는 그의 마음을 열어본다
아직도 딱딱하게 굳어있는 기다림의 입자들

>
두꺼운 얼음장 밑에서 출렁이는 설레임이 있다
가슴을 따뜻하게 덥혀줄,
김이 모락모락 나는 희망의 봄을 셈하고 있겠지

불장골 저수지

바닷길, 뱃길

어촌마을에 들어서면 방파제를 중심으로
하얀색과 붉은색 짝을 이루고 서 있는
이란성 쌍둥이 무인등대
뱃길을 안내하는 표지판이다 신호등이다
마주보고 서 있어도 각자의 임무는 다르다

강력한 불빛 센서로 먼 바다까지 항로를
표시하는가 하면
수신호도 없이 눈빛 하나로 직진이나 후진
좌회전 우회전,
마을 안 고샅길도 친절하게 안내한다

서로의 마음속 뱃길을 잘 헤아려주는
쌍둥이들
서로에게 힘이 된다고
거친 파도나 폭풍우 걱정 없다고
잘 이겨내고 있다고
한껏 부풀어 있다

통과의례. 포인세티아

축복의 꽃말을 가진 포인세티아

탐스럽고 빛고운 꽃을 피우기 위해
꼭 거쳐야 하는 통과 의례가 있다
한치 앞을 볼 수 없는
어두움 속에서 숨이 막히는 고통스러운
비밀의 문을 통과해야 한다

꽃이 활짝 만발하기 전
일주일동안 귀 막고 입 막고 눈 감고,
겨우겨우 숨만 쉬고 있으라고
그래야 탐스럽고 고운 빛깔의 꽃을 피운다고
검정비닐로 화분을 덮어 씌워놓는다

숨이 막히는 고통을 얼마나 참아야 하느냐고
울부짖으며
그래도 살아남아야 한다고 몸부림치며
발버둥 쳤으면 선홍빛 붉은 입술이 검붉은 빛으로
변하여 꽃잎과 꽃술 바르르 떨고 있다

머지않아 곱디고운 축복의 색깔로 꽃을 피우리라

다시 황촉규에게

총상화서형 한해살이
뿌리를 주무르고 치대면 나오는 끈끈한
점액질이 바람 맛이다
바람알갱이 속 구름 맛이다
닥나무 엉킴을 막고 마음 온도를 조절하는
은근함이 배어 있다
천년, 땅기운 하늘기운을 온몸으로 받으며
두껍지도 얇지도 않게
한지에 뼈와 살 고르게 붙게 한다
매운바람은 막아주고 설레임의 훈풍은 드나들고

흐트러짐 없이
천년이 가도 변하지 않을 당찬 고집스러움

연노랑 쌍떡잎, 잎은 잎대로 꽃, 뿌리까지
낱낱이 제 몫을 다한다
마음속 아리게 하는 허허로움 말끔히 씻어주는

사랑초, 사랑풀,

석부작 사랑법

많은 고비를 넘겼다
가시 돋친 눈초리로 염탐하고 주시했다
밀고 당기는 줄다리기도 서슴지 않았다
가파른 고개와 어두운 터널,
터널은 언제나 무서웠다
삶과 죽음의 경계선을 넘나들던 그 아찔함,
맨손의 바위 타기는 고난도 트레이닝이다
높이 오르는 것만이 사는 길이라고,
빈 손짓 발짓으로
허공을 향한 발돋움은 숨이 차다

가느다란 철사 줄로 가슴을 옥죄인다
응어리는 풀어내고 허당은 받쳐주고,
한결 가벼워졌다
수시로 하늘과 땅을 불러들인다

이제는 서로서로 어르고 달래며 내일을 꿈꾼다
석부작 사랑법!

아라홍련

700년 만에 잠에서 깨어난 귀하신 몸이다

함안 연꽃테마파크에 가면 긴 세월 깊은 잠에

빠져있다가 부스스 눈을 떴다는

단아하고 고결한 자태가 돋보이는

아라홍련,

천년이 지나도 누군가의 손길이 닿지 않으면,

연자육에 상처를 주지 않으면, 내처

잠만 잔다는 연자심의 고집

숨통을 틔워주듯 상처를 주어야만 단단한

껍질을 깨고 싹이 돋고 잎이 돋아 꽃을 피운다

>

상처를 받을 때 더 단단하고 여물어진다고

연자육,

입 막고 눈 감고 살아온

세월이 어디냐고, 잘 참고 참았노라고

한때는 아라공주 궁 안에서 사랑을

독차지 했음직 한

붉은 볼이 선명한 아라홍련

아름답고 당당하다

* 아라: 가야시대 함안에 자리 잡은 나라이름.

성장일기

눈바람이 스산하게 부는 한낮
훌쩍 웃자란 잣나무 가지에서
잣송이가 우수수 떨어진다

미련 없이 떨어뜨리는 잣송이
알고 보니 빈 쭉정이들이다
아직 여물지 못하고 열매도 박히지 않은
미숙한 놈
제 몸에서 나온 피붙이요 살붙이건만
소용없다고 매몰차게 떨어뜨린다.

새롭게 태어날 열매를 위해
버릴 건 버리고 잊을 건 잊어야 한다고

다가올 새 봄을 위해서
이만한 아픔쯤은 견디어야 한다고

빈 쭉정이 길섶에 수북하다

호수에도 간이 배어 있다

16KM 반경의 화진포 호수
드문드문 피어있던 해당화도 져버리고
호수 가장자리에는 억새꽃이 햇빛을 받아
은빛으로 반짝이며 환영한다
물결은 적당한 간격으로 출렁인다

넓은 호수의 강물과 바닷물이 만나는 곳이다
바닷물이 들어왔다가 강물을 데리고 나가기도 한다

바다가 되고 싶은 곳
호수가 되고 싶은 곳
서로서로 서두름도 지체함도 없이
가볍게 스쳐지나가도 되는 곳
세상과의 소통을 이루고 싶을 때 찾아오는 곳
짭짤할 때도 싱거울 때도 있는 우리네 삶을
간 맞추기에 꼭 맞는,

그곳에 가면 바다와 강물이 삶의 길을 알려 준다

비어있음의 미학

여름 내내 기세 좋게 엉겨 붙던
명아주, 개망초, 엉겅퀴, 도꼬마리 가볍게 털어내고
빈 들녘에 늙은 호박 앉아있다
가을들판을 지키는 터줏대감이다
여기저기 참견할 일이 많다
탯줄마디마디 올망졸망한 새끼들 거느리고
찬바람 몰아칠라, 된서리 내릴라
마음이 탄다

아직은 여물지 않아 비릿한 놈,
다독이며 끌어안으며
지난여름 숨이 턱에 받히던 뜨거운 열기
잘 견디어 준 것 대견해하며
눈 깜짝할 사이 떨어진 미끈하고 야들야들 한 놈
안쓰러워하며
자꾸만 밖을 엿보는 머리 큰 놈
행여 찬바람이 해코지 할까봐
속이 탄다, 속이 썩는다

두드릴 때마다 빈 바람소리를 내는

늙은 호박의 가슴, 호박의 몸통,

더는 내놓을 게 없다고 비어있다고 수신호를 보낸다.

2부

뻐꾸기와 놀다

가끔 뻐꾸기와 논다

이른 새벽, 텃밭에 나가면
새벽이슬에 목축인 낭랑한 뻐꾸기 소리 들린다
맑고 여운이 깊은 소리로 먼저 인사를 한다

슬쩍 장난 끼가 돌아 이중창이라도 하는 양
그의 소리를 흉내 내본다
"뻐꾹" 하면 나도 "뻐꾹" 하고 몇 번 받아주다가
뚝 그치면 뻐꾸기 소리도 뚝 그친다
울음소리를 내야하는 건지, 웃어야 하는 건지
깜박 잊은 듯
한참 있다가 사태를 파악했는지 다시 뻐꾹뻐꾹,

그에게도
기억력이 있는 듯, 감정센서가 있는 듯
줄다리기라도 하고 싶은 듯
넘어가지 않을 거라 다짐하고 있는 듯

때로는 이웃 같고, 친구 같은
뻐꾸기와 놀다

푸른빛 희망

봄볕에 취한 수양벚나무의 물관마다 심장 뛰는 소리

들쉼과 날쉼으로 물오르는 소리

내를 이루고 강을 이루고 산허리를 휘감아 돈다

푸름이는 기쁨의 빛깔이다

희망의 빛깔이다

수양벚나무 얼굴에 화색이 돌고

작은 씨방마다 꿈의 씨앗들 여물어 가겠지

겨우내 쿨럭거리던 기침소리도 뚝 그치고,

있는 힘껏 기지개를 켜 보는

3월,

맹그로브 사랑

새끼를 잘 낳는 나무가 있다

염분이 많은 호숫가 진흙땅에서
가벼운 샛바람만 불어도 물결만 흔들려도
잘한다 잘한다
엉덩이 톡톡 두들겨 주면
진통도 없이 폴딱폴딱 뛰어내리는 나무아이들
떨어진 가지가 진흙에 박혀 바로
집이 되고 기둥이 되어 새끼를 키운다

케냐의 국립공원 나쿠루 호수에서 만난
맹그로브 숲
아늑하고 시원한 곳,
내 새끼 남의 새끼 가리지 않고
주고 또 주고 싶어 하는
어미의 마음이 되어
천적을 피하는 산란장소로
기꺼이 내어 주는

호수만큼 바다만큼 통이 큰 맹그로브 사랑,

꽃편지

7살 채이에게 학교 숙제로 쓴 편지를 받았다

연필로 꾹꾹 눌러쓴 주소와 이름이 비틀비틀하다

앞뒤 문장 왔다갔다, 솎아내고 걸러내고,

몇 번씩 다시 쓴,

편지지 가득 커다란 하트가 그려있는

분홍빛 화사한 꽃무늬 편지,

"할머니! 예쁜 우리 엄마 낳아주셔서 감사합니다"

가슴온도를 높여주는 봄바람과 함께 배달된

꽃편지,

싱 그 럽 다

슬픔의 농도

오늘은 아주 조금 쓸쓸한가 보다
연둣빛 봄비가 자근자근 내리고 있다
구름이 슬퍼지면 비가 된다는 여섯살 적 채은이의
말을 들은 후로는
비가 올 때마다 구름 속 슬픔의 농도, 그 깊이와
넓이를 가늠해 본다
구름의 눈가에 맺힌 이슬방울 속 적막, 그 가늠할 수 없는
슬픔의 농도를 짚어본다

구름 걷히고 햇빛 쨍쨍한 맑음만으로는 깨달을 수 없는 것들
가끔은 하늘을 보면서 구름의 길을 짚어 보면서
세상의 길을 배워나갈 채은이,

겨울을 재촉하는
세찬 비바람이 몰아치는 날
회색구름은 아예 얼굴을 감추고 어깨를 들썩이며
흐느낀다

기도하는 손*

밤이 깊었습니다
어두움의 그림자가 창문을 가려서
시간 가는 줄 몰랐어요
이제 그만 굳은살이 박힌 기도의 무릎을 풀고
저린 손가락을 펴서 창문을 활짝 열어보아요
머지않아 아침햇살이 찬란하게 비칠 거예요
불끈불끈 힘줄 솟아있는, 마주잡은 주름투성이 손,
손가락 감각이 마비된 그대의 손이
나를 소망의 숲길로 이끌었다는 걸
알 것 같아요

이제 우리 눈물의 골짜기를 통과한
밝고 초롱초롱한 희망을 이야기해요

기도의 손이 우리를 받쳐줄거예요

* 알브레히트 뒤러의 기도하는 손.

고양이 호텔

그늘나무 커피숍 지나 영광빌딩 코너에
고양이가 투숙하는 호텔이 생겼다
나름 번화한 대로변을 끼고 있어서
주위의 눈길을 끌기에 충분하다

반짝이는 아크릴 간판과 향취 나는 편백나무로
밝고 화려하게 꾸며졌다
거기에 핑크빛 컨셉은 가히 환상적이다
실내 인테리어가 저절로 지나가는 사람들의
발길 머물고 미소 머금게 한다

이곳을 드나드는 고양이도 급수가 있을 법하다
멋진 의상에 머리는 색색의 리본으로 장식하고
맑은 방울소리 달랑대며 우아하게 안겨올 고양이,
비바람 피할 곳 없어, 단 하룻밤의 안식을 찾아
신문지에 박스로 노숙하는 겁먹은 눈동자,
그림속의 떡인 양 입맛만 다시고, 꿈도 꿀 수 없는,

이곳에도 차상과 차하의 계층이 있나보다

외달도 또는 애달도

다도해 해안선을 따라 펼쳐진 뱃길을 가면
달리도, 율도를 거쳐 닿는 외달도,
약간의 외로움이 묻어 있는 곳

바다 가운데 어느 곳에서 바라보아도
사랑스러움과 애처로움이 함께 묻어 있어,
외달도가 스스럼없이 애달도로 불리는 곳

가을이면 해국 산국이 만발하고 청정한 적송이
발길을 부추긴다

누구든 애달도에 가면 사랑을 확인하라고 한다
뿌리깊이 박혀 흔들리지 않는 사랑,
반듯하고 튼튼한 사랑도, 아쉽게 깨어진 사랑도,
다시 한 번 그 언약 그 약속, 꼭꼭 잠그라고,
섬 곳곳에 사랑의 증표가 요란한데,
바닷가 등대에서도 사랑의 하트를 날리고 있다
파도도 오며가며 바람과 밀회하는 곳
아름답고 애달픈 연인의 섬 애달도,

내 사랑도 다시 한 번 확인해보고 싶은 곳

연어 엄마

먹고 싶은 것, 입고 싶은 것 다 해주고 싶었어
팔베개에 눕혀서 쌔근쌔근 단잠 재우고 싶었어
해질 무렵이면 밖에서 놀고 있는 너를 목청껏
불러들이며 행복해 했을 거야
넘어지고 깨져서 앙앙거리며 울면서 들어올 때면
토닥토닥 눈물 닦아주며 달래고 싶었어
그렇게 어미노릇하면서
숨구멍 여물 때까지 같이 살고 싶었어
정말이야

그러나 내 생각일 뿐
세상이치가 다 그렇지
하고 싶은 것만 하고 살 수는 없는 일

고향땅에서 등지느러미가 아리도록 하천의
모래바닥을 파고 알을 낳고나니
손끝하나 움직일 수 없는 이 무력함

어쩌지 아가야! 아가야!

버킷리스트

따뜻한 남쪽,
바람도 담을 쳐주고 눈보라도
살짝 비켜가는
아늑하고 따뜻한 섬 마을에서
한 달만 살다오자
서두를 것도 바쁠 것도 없이
느릿느릿 살아보자

이른 아침 산책길,
섬 전체를 돌아도 반경 4km 남짓
낮에는 한가한 파도와 벗이 되어
서리서리 이야기보따리 풀어내고
밤에는 등대지기가 되어보자
마음속에 숨겨둔 서치라이트로
칠흑 같은 어둠속에서 바닷길을 비춰주자

햇살 밝은 날 바윗등에 앉아서
줄낚시를 내리다 보면 시력이 나쁜 물고기
한 마리쯤 낚아지겠지

바닷가 작은 섬마을에서,

박스집

소리 소문도 없이 집 한 채가 지어졌다

텃밭 모서리 한편에 "들 고양이 집" 이라는
문패도 야무진 집 한 채 지어졌다
소나무 둥치가 기둥을 받쳐주고 떡갈나무
이파리가 그늘을 만들어주어 제법 아늑해 보이는
박스집
어느 사이 건축허가며 준공검사 다 마쳤는지 시시비비도 없다
궁금하여 살짝 들여다보니
눈망울 초롱초롱한 5마리 새끼 고양이들,
해산한지 얼마 되지 않은 듯 서로서로 몸을
포개고 있다
밥그릇 물그릇이 뒹굴고 있다

어느 고맙고 살뜰한 이가 해산을 거들어주고
먹을 것, 마실 것 까지 챙겨주고
전세도 월세도 아닌 자기 집까지 마련해주다니,
그 정성 고맙고 고맙다

어미고양이는 지금 어느 곳에서 새끼들의 저녁 찬거리를
찾고 있을거나!

미어캣 수문장

사향고양이과에 속하는 미어캣은

전생에 왕궁의 수문장이었던 게야

자기의 임무는 완벽하게 수행하지

차렷 자세로 서서 이쪽저쪽 바라보며 문을 지킨다

절대 한눈파는 법이 없다 위험에 처할 때도 신속하게 대처한다

해 질 무렵 행하는 수문장교대식에 한 치의 오차도 없이 일사

불란하다

하던 일을 중단하고 모두 일어나 일렬종대로 서서

지는 해를 응시한다

같은 방향을 바라본다는 것은 서로서로 마음이 겹쳐지는 것

흔들림이 잦아드는 것 넘치거나 모자람 없이

하루를 결산한다

내일아침 또다시 떠오를 태양빛에 마음이 설레는

미어캣 수문장,

그가 지키는 문이 곧 길이 된다

위문편지

성탄절이 다가오면
성냥팔이 소녀*가 생각난다
입김으로 언 손을 녹이며 몸을 떨고 있는
가녀린 소녀,
맵고 드센 바람은 인정사정없이 휘몰아치고
매운 눈바람을 피해 남의 집 처마 밑에서
김이 모락모락 나는 따뜻한 식탁을 꿈꾸고 있을,
그녀의 동그란 눈망울이 어른댄다

동상 든 발등은 발갛게 부어오르고
간간이 지나가는 사람 중 어느 누구도 그를 눈 여겨 보지 않는다

그때, 어둑한 골목을 지나가는 사람이었으면,
동상 들어 부풀어 오른 발등을 감싸 안아 녹여주고 싶다
따뜻한 국물로 허기진 속을 채워주고 싶다
폭신한 목화솜 이불속에서 단꿈을 꾸게 하고 싶다

힘내라고 힘내라고 위문편지 한 통 넣어주고 싶다

* 안데르센의 동화 속의 주인공.

54

집중력 카드

집중력을 키워보자고
카드가 시키는 대로 따라한다
눈을 감고
잔상이 사라질 때까지 눈을 감고 있으라 한다
나의 동공 속 수정체에는
애당초 아무런 형상도 떠오르지 않고,
남지 않고
그저 깜깜한 암흑절벽일뿐,
어디가 길인지,
어디가 낭떠러지인지,
어디가 맑은 생각이 고여 있는 샘물인지
어두컴컴한 골짜기인지 알 수가 없다
처음과 끝이 어디인지 실마리를 찾을 수 없다

나는 지금 집중하여 집중력을 찾고 있는 중이다

보통으로

빠른우편으로 편지를 부쳤다
내일이면 수신인에게 들어간다 하니
시간을 맞추려 얼마나 급하게 달려갈까
숨고를 사이도 없이 달리고 있겠지
빠르게 빠르게,

길가의 노랑에게 주황에게 눈길 주며, 조금은
여유롭게 달리고 싶은데,
세상은 점점 빠르게 돌아가고
빠르게 길들여지고
뒤로 처질까봐 조바심이 나고,

쪽빛으로 하늘빛이 고운 이 가을에는
한 박자 느리게 보통으로 달려야겠다

봄을 차려놓다

햇빛 등 뒤에 숨어 있다가
때를 놓칠세라 우르르 몰려온 봄꽃들
순서도 약속도 없이 한꺼번에 달려온 모습
가쁜 숨을 내쉰다
봄이 지천이다
꽃이 지천이다
목련, 벚꽃, 개나리, 진달래, 철쭉, 꽃잔디
저마다의 곱디고운 빛깔로 시선을 잡아끄는데
바라보기만 해도 마음을 열게하고 미소
머금게 하는 꽃들의 잔칫상
한 상 그득 차려져 있으니 흥이 절로절로
노래가 절로절로
뻐꾸기, 소쩍새 반주소리 청아하다

대한과 소한사이

소한추위에 온 세상이 꽁꽁 얼어붙었다

잠깐만 밖에 나가도 귓불 따갑고

손발 얼어붙는 이 추위에

군불 두둑이 때고 아랫목에 발 묻고 앉아서

황토밭에서 캐낸 고구마라도 쪄 먹을 일이지

어쩌자고 삼동추위에

시렁이나 고방, 구석구석 찾아도 없으면

꾸어다가 라도 한다는 소한추위,

잘 먹고 잘 있나 궁금하여 안부 차
소한 집에 간 대한이

글쎄 얼어 죽고 말았다지요

나그네 새

붉은빰 멧새는 나그네새다
집도 절도 없이 떠돌아다닌다
딱히 오라는 곳 없어도 갈 곳은 많다
날개 접는 그곳이 곧 안식처요 집이다
부화된 지 열흘 만에 어미 곁을 떠나야 하는
아기 새는 부지런히 날갯짓을 익혀야 한다

혼자서 연습에 연습을 거듭하며
무수히 날개를 퍼덕여 본다
그것만이 사는 길이다
때로는 가시덩쿨에 떨어지고 돌무덤에
내려꽂이는 상처투성이로 뒤뚱거리면서도
다시 또 날개의 균형을 잡아야 한다

붉은빰멧새는
아직도 익히고 배워야 할 길이 멀다

구름산과 계곡 위, 어느 곳이든 자유자재로
날기위해서
상처투성이가 되어야 한다

3부

7번 국도

고성에서 포항으로 이어지는 7번 국도는
바다가 깔아놓은 축제의 카펫이다
짙푸르게 펼쳐진 수평선과 파도소리가
싱그러운 분위기를 돋아준다

굽이굽이 새롭게 펼쳐지는 바닷가 배경의
말쑥한 자태, 잠시도 눈을 뗄 수 없다
햇빛조명을 받을 때마다 반짝이는 물결
새하얗게 물보라 치는 섬세한 파도의 레이스가
돋보인다.

고단함과 서러움으로 마음이 텁텁해지거든
7번 국도 반짝이는
조명 속으로 들어가 볼일이다
허리를 곧추세우고 우아하게,
갈매기와 파도의 박수갈채를 받으면서
어깨 한 번 힘껏 펴 볼 일이다

유유하다

깊고 그윽하게
마음이 흐뭇하게

조급함에 잎보다 먼저 핀 꽃숭어리들
진달래, 개나리, 목련
가령, 질서라는 틀 속에 꼼짝달싹 못하게
묶인다면,
적막만이 어른댄다면

땡볕 속에 들어있는 햇빛비타민
받을 건 받고 버릴 건 버리고

세상살이 이치에서 질서를 떼어놓는다면
얼마큼 자유로와질까
얼마나 많이 넘어지고 얼마나 많이 기도할까

긴긴 겨울밤 서리서리 이야기보따리 풀어내어
분주함과 조급함 걸러내 보자고

달빛 별빛과 조우하며
하늘 땅 친구삼아,

화풍경운 和風慶雲

담양 죽녹원 왕대숲에 가면
어디선가 화음이 잘 된 음악소리 들린다
20m~30m 쭉쭉 뻗은 왕대숲에서
바람이 켜는 악기가 단연 돋보인다
바람의 음역은 무한대다
고음과 저음을 마음대로 넘나들며 어떤 음색도
담아낼 수 있다
잔잔하게 가슴을 다독이며 두드리는 소리,
삶의 때로 찌든 마음을 청량하게 씻어준다

면암정 누각,
청정대숲에서 아침이슬을 먹고 자란,
차가 마음을 닮고 마음이 차를 닮는다는
죽로차 한 잔 나누며
옛 선비의 풍류를 나누고 싶다

유유자적

능가산 내소사

내소사 대웅보전은 화려하지 않다
편안한 이웃처럼 수수해 보인다
초여름 함박꽃 닮은 얼굴은
두드리고 바르고 덧칠하지 않아도
조금도 꿀릴 게 없다는 듯,
단청이 벗겨진지 오래지만 속살은 투명하다
상큼한 겨울 햇살이 얼비치는 문틀에 모란이랑
국화랑 꽃가루가 분분하다

1년 동안 지었다는 대웅보전
철못 하나 쓰지 않고 나무로만 역은 이음새에
음과 양이 조화롭다
전나무 숲에서 같이 걷던 바람결이 세속의 찌든
마음을 씻어내자고 피안교를 막 건너오고 있다

1000년된 당산나무 온몸으로 반긴다

가얏고

전주 한옥마을에서 가야금 산조를 들었다
끊어질듯 이어지는,
영혼의 소리를 들었다
때로는 마음을 두드리는 떨림이었다가
가슴 두근대는 설렘으로
흐느끼는 듯 아픔으로 이어지는
명금의 가야금 소리
진양조의 중모리, 자진모리, 휘모리로
마음을 연주한다

가야금,
울림통에 영혼을 담은 명금으로
거듭나기까지 장인의 손을 거쳐
섬유질이 제거된 오동나무, 눈과 비를 맞춰
10년 세월을 담금질하였다

얼마나 많은 아픔을 견디었을까
그 상처 달래주며
영혼을 담은 울림통을 위해

얼마나 많은 세월을 참았을까

고령

― 바위그림

보물 제 605호
장기리 암각화는 아직도 기운이 팔팔하다
상징과 형상으로,
오랜 세월 충직하게 맡겨진 책임 다하겠다고,
그 많은 절벽 중,
깊고 얕은 문양으로 숨겨진 세월의 상형문자로
선택받은 것이 어디냐고
기세가 등등하다

때로는
거센 비바람에, 매운 눈보라에 주저앉고 싶은
적 많았지만,
살갗 터지고 생살 찢기며 세월에 마모되는 아픔과
쓰라림도 있었지만,

천년 세월,
묵묵히 제 몫의 자리를 지키겠노라고
암각화,
햇빛에게 바람에게 다짐하고 있다

또 하나, 비밀의 통로

대가야 박물관에서 순장묘의 벽화를 보았다

순장묘 안에는 또 하나의 세계가 있다
또 하나의 비밀이 있다

5일 장마당에 구경 가는 길도 아닌 터에
지치고 힘들어 내키지 않는 길이거든
산새나 뜬구름을 동무 삼을 일이지,
생전에 거두어준 은공 빚 갚자고
뒷걸음으로 따라갔을 순장묘
40명을 데리고 간 왕릉의 좁고 깊은 골방에서

하루에도 몇 번씩 깎아지른 절벽을
오르고 내렸을까
울부짖으며 따라오던 그 님이 눈에 밟혀
얼마나 기막히고 서러웠을까

개똥밭에 굴러도 이승이 좋다는데,

천년세월 한결같이 충직하라고 담금질하고 있다

동해레일바이크

해송 어우러진 해안 길을 끼고도는 레일바이크
시원하게 선로 위를 달린다
청잣빛 하늘에 조각구름이 한가롭다
4명1조가 되어 잘 숙련된 조교들처럼
하나, 둘 구호를 외치며
박자를 맞추어 페달을 밟는다.
동굴 속으로 빨려든다

오래전 어둠과 슬픔의 색깔, 검은 땀방울이
그을음으로 배어 있던 그곳, 탄광 속
가난한 한 끼의 양식을 위해 눈물도 요기가 되었을
동굴 속 그곳에서
지금은 네온 불빛 번쩍이며 비트음악이 흥을 돋운다
빛의 축제가 한창이다
어두움과 밝음이 손을 잡고 긴긴 터널을 빠져나온다

잊지 말아야 할 것과
잊어야 할 것들이 하나가 되어
힘차게 페달을 밟는다.

바다를 껴안고 가는 레일바이크 종착역이 멀지않다

청잣빛 그리움으로 빚다

어쩌면 저리도 단아하고 우아한 모습일까
넘치지도 모자라지도 않는 알맞은 품새다
꼭, 필요한 만큼의 색깔과 모양으로,
티 하나 흠 한 점 없이,

혼을 불어넣어 살아있는 작품을 굽고 있는
젊은 도공의 눈빛이 그리움의
빛깔로 어른거린다

심장이 뛰는 작품을 만들어야 했다
물레를 돌리고 유약을 바르면서
마음이 먼저 세차게 물레질 했을,

떠나간 것들, 외로운 것들, 불러 모아
초벌구이 재벌구이로 불을 지폈으리.
감추어둔 애련함에 매캐한 눈물도
닦아 냈으리
마음을 태웠으리.

살갗마다 점점이 박혀있는 그리움의 씨알들,

\>

가녀린 숨소리가 묻어나는 듯 한 도자기 찻잔

청색 눈물 빛이 진하다

신선들이 노닐던 곳

섬이 사라졌다

바람 불면 바람의 옷자락 걸치고 비 내리면
빗방울 노래 읊조리던
신선들이 노닐던 곳

선유도
육지와 연결된 다리가 생긴 후
더 이상 섬이 아니다
쉼 없이 밀려오는 인파속에서
섬은 자기자리를 지키려고 몸부림을 쳐 보지만
밀리고 당기고 부딪치고 넘어지고,
때 없이 밀려드는 인파에, 자동차의 소음에
진저리치며 부대끼며
사색하고 정감 있는, 아련한 그리움이 넘실대는
섬 하나가
꼬리를 감추고 말았다

갈색 DNA

잘 여물어 알맞게 물든 침묵의 빛깔이다

보듬고 감쌀 줄 아는 친화력,

주위를 따뜻하게 해주는 유전인자가
들어 있다

익지 않은 날것들을 끌어안을 수 있는

넉넉한 마음씀씀이,

가슴을 우려내는 진한 가을빛 호작도 탕관에
얼비치는 그리움의 빛깔,

지치고 시린 마음들을 잘 이겨내게 한다

루어*

고백하고 싶었어
환하게 활짝 웃어주는 친절함도
화사한 향기 풍기며 살랑살랑 꼬리쳐 주는 배려도
한 배를 탄 다정한 친구인 줄 착각하는 너를 보며
가슴 찔린 적 한 두 번이 아니었어.
언젠가는 진실을 밝혀야지,
속으로 다짐했지

세상을 살다보면
진실보다 더욱 돋보이는 것이 있다는 걸,
알려주고 싶었어.
여리디 여린 너의 속마음에 새겨주고 싶었어

성난 파도와 싸우며 거친 물결을 헤엄쳐 나오는
너에게 친절하게 선뜻 손 내밀어 맞아주는,
한 순간,
인정사정없이 낚아채려하는,

내 이름은 루어!

우리는 한 배를 타야 해,
* 낚싯밥으로 사용하는 물고기와 같이 만든 모형 물고기.

물돌이 마을

육지 안에 섬이 있다

무슨 생각을 했을까
유유히 흐르던 강줄기가 갑자기 방향을 틀어
둥글게 원을 그리며 상류로 거슬러 흐른다

낙동강 지류인 내성천이 산을 부둥켜안고 있는 듯
태극무늬로 휘감아 돌아 모래사장을 만들고
거기에 물돌이 마을이 생겼다
장안사의 정자에서 바라본 회룡포는
맑은 물줄기와 은모래 반짝이는 아름다운 섬,
백사장 가에는 금강송이 둥근 곡선을 따라 심어져 있고
반듯반듯한 논밭이 풍요롭다

장마철 큰 비가 내리면 고립되고 만다는
육지속의 작은 섬마을
점점 바다를 닮고 싶어 하는,

조금과 사리 때가 되면 파도소리 요란해질 거라는
청색 물빛 고운 섬마을,

물의 가든

중심을 잡지 못하고 휘청거리는 물결무늬를 본다
산이 흔들리고 잣나무, 떡갈나무가지가 흔들린다

안도 다다오가 꾸며놓은 눈부신 물의가든에서는
빛과 물이 어우러져 물의 심장이 뛴다
빛의 혈을 따라 동맥과 정맥이 피돌기를 한다
물의 포자들이 일렁이는
빛의 정원, 물의 정원이 있다
마음가닥을 젖히고 바라보노라면
우직하면서도 날렵하고
정적이면서도 동적인, 따사로움이 있다

이곳에 오면
잔잔하게 속삭여주는 물의 언어로
어깨를 짓누르는 아픔이나 힘에 버거운
마음자락은 다 내려놓으라 한다

잔잔하게 다독여 주는 물의 노래에
귀를 기울이라고 한다

밀당

폭설이 쏟아지던 날
눈 구경을 하고자 깊은 산사에 갔다
걸음을 뗄 때마다 함박눈이 발자국을 지워버릴 만큼
소담스런 눈밭을 걸었다
가슴속에서 풍선이 둥둥 떠다니는 것 같은 설레임,
눈과의 밀당이 시작되었다
뽀드득뽀드득 눈의 언어에 귀를 기울여 본다
속삭이는 눈의 말을 귀담아 듣는다
이 땅에 골고루 나누어 주고 싶은
순수한 선물이었다고,

아직도 처음 기대를 버리지 않겠다는 약속이라고
은혜라고
서로서로 밀고 당기는데,
사르륵사르륵 눈의 숨소리를 들으며
돌아오는 길

두 눈만 빠끔하게 뜬 눈사람인 내가 손을 흔들며 다가온다

나팔꽃 아날로그

남보랏빛 둥근 잎 나팔꽃을 보면
남쪽나라 내 고향 야트막한 동산이 생각난다
이른 봄 연하디 연한 삐비를 뽑아주던
단짝 친구 선이가 떠오른다
동산 아랫마을에 살던 그네 집에 자주 놀러 갔었지
감청색 넉넉한 치마폭에 싸안고 나온
김이 모락모락 나는 찐 고구마,
그 달콤한 맛이 입안에 감돈다

아지랑이 아른대는 동산에 누워
쪽빛 하늘에 떠도는 양털구름을 보면서
우리는 꿈의 나래를 펼쳐보곤 했다

"난 글을 쓰는 작가가 되고 싶어"
"난 소설 속에 나오는 비련의 주인공이 되고 싶어"

굽이굽이 골짜기와 산등성이 가시밭길, 힘겹게
오르내리던 그녀의 삶,

나팔꽃을 볼 때마다 그 친구가 생각난다

그때 꿈의 방향을 돌려놓지 못한 것이 못내 아쉽다

내가 모르는 나

밥 잘 먹고 단잠 자고 난 후에도
기운이 없어 보인다는 말을 들으며
음파를 띄워서 몸속을 살펴보기로 한다
목을 비춰보고 가슴을 비춰보며
혈과 맥을 짚어보다가

갑상선의 밸런스가 어긋났다는,
그래서 유독 손발이 차갑고
혈압도 내려갔고, 몸의 기능이 떨어졌나보다
몸이 신호를 보내왔건만 아무것도 모른 채

밥 잘 먹고 잠 잘 자고,

어긋난 밸브를 찾아내기로 한다
내가 모르던 나를 샅샅이 점검하여
다운된 나를 일으켜 세우기로 한다

서로에게 귀를 기울여 잘 소통하기로 한다

3월, 꽃의 마음

3월에는
꽃눈마다 꽃술마다
빠른 우표를 붙였나 보다
꽃들의 동태와 안부가 실시간으로
배달된다
지금 어디쯤 오고 있는지, 어디서 머물러 있는지
꽃의 걸음과 속도를 알려주며 설레게 한다
개나리, 진달래, 목련, 벚꽃 빠른 우표보다 더
빠른 걸음으로 달려온다

어디든 가리지 않고 달려가는 꽃의 마음,
삶에 지쳐 눈앞이 어둡고 탁한 곳일수록
향기로움은 증폭된다

4부

협곡에 들다

하늘도 땅도 세평,
꼭 그만큼만 눈에 들어오는
낙동강 세평 비경길
영동선 분천역에서 승부역을 잇는 협곡열차가
느릿느릿 달린다

협곡열차를 끼고도는
큰 바위 쉼터길, 아찔아찔한 바윗길, 하늘 오름길,
심마니 둘레길, 산들산들 바람길
이름만 들어도 어여쁜
한국 대표관광길이 있다

하늘과 땅이 작아 보여서인지
가벼워진 내 생각주머니
모처럼 여유롭다
바쁠 것도 급한 것도 없이 한가롭다

층층나무 울창하게 어우러진 나무들 사이로
어른대는 그리움의 빛깔
청정한 바람의 그림자가 떠오른다

>

다시 한 번 가보고 싶은 낙동강 세평길,
느림의 길이 있다

사막체험

사막체험을 하였다

이스라엘의 네게브 사막에서

섭씨 45도를 넘나드는 뜨거운 햇빛으로

잘 달구어진 모래사막에 온몸을 맡겼다

오아시스는커녕 나무그늘 하나 찾을 수

없는 그곳에서, 땀과 눈물범벅이 되어

30분을 견디기 어려운 그곳에서,

불의 촉만 닿아도 활화산이 되어버릴

잘 달구어진 그곳,

건조하고 메마르게 살아가는 이 땅의 사막,
그 팍팍하고 외로운 곳에서

나는 얼마나 더 참기 힘든 불같은 인내를 배워야 하나?

얼마나 더 눈물 콧물을 흘려야 하나?

내가 바로 그늘막이 되어서

온몸으로 사막을 체험하고 돌아왔다

울릉도 밤바다에서

울릉도 밤바다에서는 빛의 축제가 요란하다
수평선에서 대용량의 불을 밝히는 오징어 배
칠흑 같은 어둠속에 갇혀 있다가
조명을 받으면 제 모습을 드러내는 소품들
주연과 조연의 역할들
각자 배역을 따라 설렘으로 출렁인다
긴장감 속, 별빛의 팡파르와 함께
축제가 시작된다

캄캄한 밤바다에서 춥고 막막한 어둠속에서
빛을 좇아 몰려드는 오징어떼
한없이 촉수를 올려야하는 집어등 불빛을 찾아
한 치의 의심도 없이 몰려드는 어군들
반짝반짝 출렁이는 물결 따라 꿈의 뜰채를 내린다
희망의 그물망을 멀리멀리 흩뿌려준다

만선의 설레임을 출렁이게 하는 폭죽이 터지고
축제의 불빛이 새벽을 깨운다

롤러코스터 비행

겨우 2~3kg의 무개를 가진 줄 기러기는
히말라야 산맥을 일년에 2번씩이나 넘나든다고 한다
기상의 흐름에 자기 몸을 맡기며
롤러코스터 비행을 하는 작은 몸통의 줄 기러기
높이 오른 김에 날개를 곧춰 세우고 직립으로
비행하는 것이 유유할 터인데
평소에는 6000m 낮게 비행하다가
높은 봉우리를 만나면 빠르게 비상한다
산소가 부족하여 숨쉬기가 어려운 높은 봉우리를
오르기 위해 낮은 골짜기에서 힘을 모으는,
그는 살아내기 위한 높고 낮은 삶의 봉우리를
터득한 거다

낮고 깊은 눈물의 골짜기도 높이높이 비상하는
희망의 발판이라고, 넘어야 할 거대한 산맥이
도처에 있음도 정확하게 읽어낸 것이다

줄 기러기
오늘도 비상을 위해 힘차게 발돋움하고 있다

멸치 떼가 돌아오다

멸치와 다시마를 넣은 국물을 우려내다가
끓는 물에 흥건히 젖어 뼈와 살 속 곡기 다 내어주는
멸치의 삶을 짚어본다

동해바다 빠른 유속을 따라 몰려다니는 은백색 멸치 떼들
은비늘 반짝이며 살아있음의 환희에 들떠 있다
바다길목을 신나게 달리다가 가두리어선의 조타실 탐지기에
길지도 않은 꼬리를 잡히고 말았다

목청껏 부르짖는 어부들의 함성이 선인망 그물이 되고
희망의 뜰채가 되었다
만선의 희망으로 부풀어 오른 목청이 들떠있다
어부들의 시계에 갇힌 멸치 떼들,

이제부터는 살아있어도 살아있는 것이 아니다
쫓기는 삶이다
어부들의 노랫가락이 꼼짝 못하게 하는 그물이다
후렴구를 선창하는 선임자의 지휘에 따라
당기고, 털고, 거두고,

>
  바짝 마른 몸피마다 압축된 양분
  세멸, 중멸, 대멸,
  가장 낮고 낮은 모습으로 다시
  태어나다

이별은 짧게

고집 세고 기세등등한 그가
슬며시 자리를 내주고 말았다
그처럼 조용히 사라질 줄은 아무도 몰랐다
이별은 짧을수록 좋다던가

덩달아 숲속에서도 바통을 건네주고 받으며
자리바꿈이 한창이다
밤낮 아픈 울음 울던 참매미 소리 흔적 없이 사라지고,
개미군단은 몇 채의 창고를 채워 놓았다는 소식,
여치, 귀뚜라미 목울대를 다듬는다

오리나무 떡갈나무 우듬지에서 손짓 발짓
펌프질이 한창인데
가지며 줄기에 붉은색, 노란 색 색점이 돋는다

성큼성큼 다가올 가을,
걸음걸이가 명쾌하다

산이 울리도록 큰기침 한번 하려무나.

마음과 겨루다

몸보다 마음이 무거운 날엔
계족산 황토 길을 맨발로 걸어볼 일이다
거추장스럽게 따라붙는 고뇌의 신발
다 벗어버리고,
미끈거리며 발바닥을 자극하는 황토의 속살이
가볍게 터치해 주는 분가루 고운 손길,
발바닥 구석구석을 골고루 수축과 이완으로
어루만져 준다 순화시켜준다
자정능력으로 머리를 맑게 하고 마음도 가볍게
한다는 황토길
한 시간을 걸어 내려오자
무거웠던 생각들이 조금씩 자리를 털고 일어난다
짓눌러대던 무게가 적당히 나누어져
내 안의 매듭을 풀어내며
내 자리 네 자리 성글게 자리를 잡아간다
새소리 바람소리 짙푸르게 따라온다

자작나무 문신

언제보아도 당당하다
영하로 떨어진 날씨에 눈보라가 몰아치는데도
조금도 흐트러짐 없이 말쑥한 차림의 자작나무
잎은 떨어졌지만 새하얀 몸피는 더더욱 빛이 난다
눈보라가 낯설지 않은 자작나무,
꼿꼿하게 뻗은 숲속에서
늘씬한 맵시를 자랑한다

자작나무, 눈썰미 하나는 타고 난 거지

몸피마다 그려 넣은 우아한 문신

해독할 수 없는 기호

짜릿한 바늘 끝의 촉감이 전이된다

맵고 드센 강풍, 거친 눈보라에도

꿈쩍 않는 자작나무 문신,

감정도우미

갑자기 컴퓨터가 반항을 한다 순하디 순하고 사근사근하던 녀석이
손끝 하나로도 내 속마음을 짚어내는 자상한 녀석이, 어찌된
영문인지 문 좀 열어달라고 사정해도 아무런 대꾸도 기척도 없이
문이란 문 꼭꼭 걸어 잠그고 자기 방에서 꿈쩍도 하지 않는다
문고리를 두드리고 흔들어 보지만 소용이 없다
때 늦은 사춘기의 중딩도 아니면서, 시위를 하고 있다니,
처음에는 장난질을 치나보다 했는데, 한나절을 달래다가
어르다가 제풀에 지치고 말았다 내가 무엇을 거슬리게 했나
무엇 때문에 토라졌나 아무리 되짚어 보아도 알 수 없고
나와 담을 쌓자는 거야, 이런 때는 감정도우미가 필요한 건데,
그의 접혀진 속내를 알 수 없어 주섬주섬 짐을 싸기로 했다
할 테면 해봐라!
컴퓨터 속 내방 내 물건 하나라도 빠질세라 짚어보며 꼼꼼히
짐을 쌌다

진한 하늘색 벽지의 새방에서 와글와글 바글바글
서로서로 접힌 마음, 묶인 마음 풀어내 보자고 했다

눈과 비, 그 사잇길

나무가 많고 숲이 많은 탓인지
이곳은 이웃 도시보다 3~4도의 온도차가
나며 더 춥다
대기권 안과 밖의 경계가 뚜렷한 것인지
근동에서는 추적추적 찬비가 내려도
선을 넘으면 눈 깜짝 할 사이
잽싸게 눈의 옷을 갈아입는다
눈이 내린다

TV 화면에서 제빙기를 가동하여 눈을
만드는 걸 보았다
물을 뿌리고 기계를 돌리면 눈이 되어 흩뿌려진다
대기권 안, 눈과 비, 그 사잇길에서 제빙기를
가동하고 있음이다

펑펑 함박눈 내리는 날, 귀를 세우면
머지않은 곳에서
비의 수런거림이 들리는 것 같다

기쁨과 슬픔 그 사잇길에도 종이 한 장의 경계가 있겠지!

가을의 맛

기세 좋게 추를 딸각거리며 더운 김을
품어내던 여름이 추분 지나 한자락 빗줄기에
맥을 못추고 주춤거린다
때는 이 때라고 바통을 건네받은 가을이
속뜸을 들이며 속속들이 익어간다

이제 구수하게 잘 익어 당도 높은 가을을
맛볼 차례다
주섬주섬 옷 갈아입는 밤나무, 은행나무
한 여름 땡볕에도 허투루 살지 않았다고
보란 듯이 가지마다 줄기마다 열매 그득하다
잘 여물었다
잘 익은 것일수록 떨어지는 것이
가뿐하다

아직 여물지 않은 감나무, 대추나무
가지가 찢어지게 열매 매달고
벌레에게 당할까, 강풍에 떨어질까,
노심초사 염려가 많다

가을이 맛나게 익어가고 있다

입맛이 돌아요

가을 김장철 지나 남은 무 항아리에 담고
천일염 질러 넣고 무심한 척 돌로 눌러놓으면
짜다는 말로는 다 담아낼 수 없는
무겁고 진한 짭쫄한 맛,

보고도 못 본 척, 듣고도 못 들은 척,
입 막고, 눈 막고, 귀 막고 기다린다

이른 봄 잃어버린 입맛에 한 몫을 거들겠다고,
짭쫄한 소금물에 허투룬 생각 다 내려놓아
노릇하게 삭혀진 무,
결 따라 낭창낭창 썰어 물에 헹구고 또 헹구어
마음도 생각도 씻을 건 씻고 버릴 건 버리고
산뜻하게 우려내어,
매실 청에 식초 한 방울 넣고 생수에 띄워내면,

깜박 잊고 지냈던 고향집 측백나무 울타리 옆
연분홍 족두리꽃 미소 번지게 하는
짠무 장아찌,

담백하고 정겨운 어머니 손맛,

한산세모시, 매혹

어느 한곳 흠잡을 데 없다

섬세하고 단정한 매무새에
조신하고 품위 있다
신부수업 잘 받은 양반집 규수 같다
단정하고 우아한 자태의 애기씨 같다

달빛이 어른대 듯, 새벽별 얼비추듯
푸새먹인 올마다 결마다 바람이 드나드는,
한여름, 뜨거운 햇살도 차일을 쳐주는
바람의 날개다 바람의 집이다

푹푹 찌는 무더위 속,
통풍도 안 되는 움막에서
행여 마를까 행여 끊어질까
노심초사하던 그 정성, 그 견딤 날실과 씨실 되어
마음 안과 밖을 정갈하게 다듬어주겠다고
눈길을 놓지 못하게 하는 한산세모시,
매혹적인 바람의 집이다

동춘당*, 팔작지붕

이웃을 배려하고 자연과 동화하려는
선비정신이 돋보이는 동춘당,

홑처마 팔작지붕의 날아오를 듯한
처마곡선이 구름인 듯 바람인 듯 은은하다
화려하지도 멋을 부리지도 않은,
단아하고 수수한 모습의 별당채,

따뜻한 온돌방에서 편히 쉬는 것도
부덕하게 여겨 높은 굴뚝도 세우지 않고
온돌방 아래 낮은 연기구멍으로
매캐한 내음이 번지는 것만 같다

울타리 너머 병풍처럼 둘러선 선비마을 아파트,
과거와 현대를 이어주는데,
오랜 세월 담장 안을 지키는 휘어지고 뒤틀린
배롱나무, 조화롭다
            사철 푸르러라
            늘 봄과 같아라

>

조곤조곤 이르는 집 주인의 당부가 묻어있음 직하다

* 동춘당 송준길 선생의 자신의 호를 따서 지은 별당.

지금은 기다려야 할 때

올해도 변함없이 이팝꽃이 만개했다
사기주발에 소복소복 하얀
쌀밥을 담아 놓은 듯
가로수 길이 환하다

소원했던 친구를 만나 가볍게 건네던,
"우리 밥 한번 먹자"라고 약속했던
정겨운 말,
아직 뜸 들이고 있는 중이었는데
밥 한번 먹자는데
마스크에 손소독제, 칸막이 등
갖추어야 할 것이 너무 많구나
친구야
아직은 때가 아닌가봐
기다리자 마음의 빗장을 활짝 열어놓고
느긋하게 안부를 실어주며
가슴 벅찬 만남을 기다려 보자

머지않은 날, 뷰가 아름다운 카페에서
질기디 질긴 코로나를 얘기하면서

암울했던 시간들을 다져 낼
다시 올 행복한 그날을 기다리자
친구야!

달맞이꽃 노래

질서라는 명목으로
드센 풀이 약한 풀을 잡아먹고
힘센 놈이 약한 놈을 덮치고,

알록달록 형형색색 물 곱던 꽃밭에
다른 꽃은 간데없고 서양 달맞이꽃만 수북하다
다 어디로 숨었지?
얼마나 귀찮게 했으면 뿌리도 남겨둔 채
도망갔을까

샛노란 서양 달맞이꽃
한낮 뜨거운 햇볕에 쥐죽은 듯 있다가
바람결 시원해지면 여기저기 씨앗 터트리며
참견하고 귀찮게 하고,
자기들만의 영역을 만든다
보란 듯이 넓히고 싶어 한다
먹이사슬처럼 연결된 고리에서
기하급수적으로
부풀어 오른 질서의 사방무늬결,

온통 달맞이꽃 세상이다

존재에 대하여

텃밭 가에 널찍하게 터를 잡은
잡초를 뽑다가
투덜투덜거리며
질경이 풀의 질긴 뿌리를 캐내다가

문득 이 땅에 잡초는 없다는 말이 떠오른다
질경이, 명아주, 고마리, 강아지풀, 괭이밥…
자기의 이름을 걸고
나름 소명을 가지고 주어진 이름에 걸맞게
생명력을 과시하는데,

터를 잡고 뿌리 내리고
번창하는데,

쓰임새를 확인하지 못한 것일뿐
아무 쓸모없는 잡초는 없다고,

밟히면 웅크리고 넘어지면 일어나야 하는,

너, 세상에 하나밖에 없는
소중한 존재,

목련 고문

아파트 마당의 산수유, 목련, 산딸나무가
고문을 당하고 있다
나란히 서서 까까머리로 벌을 받고 있다
무슨 잘못을 했기에 저리 중벌을 받을까

팔 다리 사정없이 잘리고 몸통만 남은 오체불이,
꽁꽁 묶여있는 모습이 안쓰럽다

올해는 꽃도 잎도 피우지 못하리라
벌 나비도 지나치리.
새들의 지저귐에 귀 기울일 수 없겠다

이쪽저쪽 옆을 보지 않고 웃자란 탓이다
너무 앞장서서 달리다보면 이웃의 창문을 가리고
햇빛을 막고 그래서 체벌을 받고,

때로는 침묵할 줄도 알아야 한다고
가던 길 멈추고 묵묵히 자기를 바라 볼 줄도
알아야 한다고
넌지시 일러준다

존재를 향한 온화한 눈길

박수빈 시인 · 문학평론가

존재를 향한 온화한 눈길

박수빈 시인 · 문학평론가

마음은 심고 가꾸는 대로 자란다. 그래서 마음은 밭이라는 비유를 떠올리다가 씨앗이 뿌리를 내리는 상상을 해본다. 의식이나 물 깊은 심연으로 이어지다가 또 마음은 어디로 흐르나 궁금해진다. 유유히 떠가기도 하고 어귀에 맴돌기도 하고 풍랑을 맞기도 한다. 그러다 빛을 받아 물의 표면이 반사되며 아름다운 광경이 펼쳐진다.

이렇듯 다채로운 상상력으로 심미안을 만드는 시인을 소개한다. 윤슬처럼 반짝이는 시의 주인공 이섬 시인은 세상 만물을 소중하게 여긴다. 많이 가진다고 행복하거나 적다고 불행한 것이 아닌 세상살이를 터득하고 누구를 미워하거나 원망하지 않는다. 그저 대상을 관조하며 온화한 정서를 비춘다. 시인은 마음으로 빛나는 것들을 찾고 있다. 여행하며 세상 풍경을 만나고 그 장소를 통한 힐링이 있다.

첨단 기술 정보화 이 시대에는 이웃에 누가 사는지 모르는 경우가 많다. 예전에는 인사를 하며 정을 나누곤 했는데 요즘은 각자 살기 바쁘다. 그래서 더욱 이섬 시인은 주위에 관심을 기울이며 눈길을 보낸다. 그냥 지나쳤으면 무심했을 대상들이 자꾸 보니 달라진다. 바다에도 길이 난다. 「바닷길, 뱃길」에서는 어촌마을에 나란히 서 있는 무인등대가 등장하는데 "서로의 마음속 뱃길을 잘 헤아려주는" 쌍둥이들이라고 표현한다. "서로에게 힘이 된다고/ 거친 파도나 폭풍우 걱정 없다고" 의지한다.

격포항에서는 모래무늬를 파도가 건넨 기호로 읽는다. "어지럽게 그어진 내 삶의 회로가 거기 있"다는 의미로 확장된 표현은 방점을 찍으며 읽게 한다. "기쁨과 슬픔이 얽히고설킨 손가락 지문"이 되기도 하고 "어느 무인도 보물섬의 비밀문서"가 되기도 해서 「바다의 지문」이 흥미롭다. 「7번 국도」에는 파도소리에 "바다가 깔아놓은 축제의 카펫이" 펼쳐진다. 이렇게 "같은 방향을 바라본다는 것은 서로서로 마음이 겹쳐지는 것"(「미어캣 수문장」)이다.

아는 사람끼리는 물론 모르는 사람끼리도 눈길을 내는 사회는 정답다. 가령 지팡이를 짚는 할머니와 부축하는 소년이 마주하는 눈길은 세대 간의 교류를 이룬다. 고용주와 노동자가 화합하는 눈길은 얼마나 따뜻한가. 진정한 행복은 이 세상 물질로부터 오는 게 아니다. 가격이 아닌 가치에 내면의 행복이 깃든다.

시심 깊은 이섬 시인은 삶의 우여곡절로 외롭고 지친 영혼을 투시한다. 상처에 아픈 존재를 보듬는다. 이러한 시적 경향은 우주적 상상력이나 정치적인 담론보다 인간 본연의 문제에 천착하여 시의 본질적 미학 혹은 보편적인 근원에 닿는 특징을 지닌다.

위에서 언급한 시인의 성향은 존재에 대한 인식을 드러내는
작품을 통해 구체적으로 알 수 있다.

　　텃밭 가에 널찍하게 터를 잡은
　　잡초를 뽑다가
　　투덜투덜 거리며
　　질경이 풀의 질긴 뿌리를 캐내다가

　　문득 이 땅에 잡초는 없다는 말이 떠오른다
　　질경이, 명아주, 고마리, 강아지풀, 괭이밥…
　　자기의 이름을 걸고
　　나름 소명을 가지고 주어진 이름에 걸맞게
　　생명력을 과시하는데,

　　터를 잡고 뿌리 내리고
　　번창하는데,

　　쓰임새를 확인하지 못한 것 일뿐
　　아무 쓸모없는 잡초는 없다고,

　　밟히면 웅크리고 넘어지면 일어나야하는,

　　너, 세상에 하나밖에 없는
　　소중한 존재,

흔히 잡초는 불필요한 것으로 여기기 마련이다. 그래서 뽑아 버리는데 시인은 "문득 이 땅에 잡초는 없다는" 생각을 한다. "질경이, 명아주, 고마리, 강아지풀, 괭이밥…" 열거한 풀들은 존재의 당위성이 분명 있다고 본다. 생명이란 크든 작든 엄연히 귀하다. 사람 중심으로 쓰임새를 판단하는 것은 옳지 않다는 게 이 시의 감상 포인트이다. 세상에 "아무 쓸모없는 잡초는 없"으므로 잡초라는 명명을 바꿔야 할 것 같다.

"밟히면 웅크리고 넘어지면 일어나야하는" 과정에는 고군분투하는 지난한 삶이 있다. 이 행을 한 연으로 처리를 하며 시련에 대한 불굴과 견딤의 미학에 집중하고 있다. 잡초들의 입장으로 보면 이는 강제적인 죽임을 당하는 것이다. 텃밭이 아니라 하더라도 오손도손 자라는 풍경은 요원하다. 도시화나 개발이라는 명목으로 자연을 훼손했기 때문이다.

시는 휘둘리는 흔적을 위무하며 슬픔과 고통을 나눈다. 한편에서는 시대의 병적인 징후를 읽고 소리 높여 고발하는 시가 있다. 전복적인 상상력이나 데페이즈망 기법을 활용하면서 현대의 다양한 징후를 토로하는 시가 있다. 그러나 이섬 시인의 경우, 격앙된 목소리로 직접적인 비판을 하지 않는다. 서정시의 본연에 귀를 기울인다. 그러다 보니 전위적이거나 초현실적인 상상력보다 가슴에 스머드는 서정성을 향한다. 일상 혹은 주변에 대해 성찰하면서 성취를 이룬다. 구체적 대상과 묘사를 통해 시에 밀도를 높이면서 감동을 확보하고 있다.

세상이 골고루 균등하면 좋을 텐데 현실은 그렇지 않다. 많이 가지거나 세력을 쥔 쪽이 주장이 강하고 지배한다. 이런 권력 구조는 개인이 출생하기 전부터 있었던 것이기 때문에 개인은 따르게 된다. 권력은 경계를 만들고 구속한다. 편을 가르며 차별이 생기는 것이다. 대우를 받는 쪽이 있는가 하면 그늘지고 불편한 쪽이 있다. 소외를 반복 재생산하는 것이 권력의 메커니즘이다. 버림받고 소외된 존재에 대한 관심은 생명력을 강조하는 역할을 한다. 생명의 회복을 소망하는 시선이 시인의 지향점이라 하겠다.

「고양이 호텔」과 「박스집」은 동일하게 고양이의 생활을 소재로 하고 있으나 관점은 변별력이 있으므로 좋은 비교 대상이 된다. 「고양이 호텔」은 화려한 거리에 고양이를 돌보는 시설을 다루고 있다. 이곳의 고양이는 사람으로 치자면 고급 호텔에 투숙하는 격이다. "반짝이는 아크릴 간판과 향취 나는 편백나무로/ 밝고 화려하게" 장식하고 인테리어가 지나가는 이들의 시선을 끌기에 환상적 수준이다. 시인은 "이곳을 드나드는 고양이도 급수가 있을" 것 같다고 생각한다. "멋진 의상에 머리는 색색의 리본으로 장식하고/ 맑은 방울소리 달랑대며 우아하게 안겨올 고양이"가 있는가 하면 "비바람 피할 곳 없어, 단 하룻밤의 안식을 찾아/ 신문지에 박스로 노숙하는 겁먹은 눈동자"의 고양이는 서로 층위가 다르다. "차상과 차하의 계층"이 있다는 인식에 눈여겨 읽게 된다.

「박스집」은 해산한 들고양이와 초롱한 눈망울의 새끼 고양이들에 관한 이야기이다. "소나무 둥치가 기둥을 받쳐주고 떡갈나

무" 그늘을 만들어 박스집에서 서로 몸을 포개며 밥그릇과 물그
릇이 뒹구는 정경이 아늑하다. 해산을 돕고 먹을 것을 챙겨준 마
음도 따뜻하다.

아파트 마당의 산수유, 목련, 산딸나무가
고문을 당하고 있다
나란히 서서 까까머리로 벌을 받고 있다
무슨 잘못을 했기에 저리 중벌을 받을까

팔 다리 사정없이 잘리고 몸통만 남은 오체불이,
꽁꽁 묶여있는 모습이 안쓰럽다

올해는 꽃도 잎도 피우지 못하리라
벌 나비도 지나치리.
새들의 지저귐에 귀 기울일 수 없겠다

이쪽저쪽 옆을 보지 않고 웃자란 탓이다
너무 앞장서서 달리다보면 이웃의 창문을 가리고
햇빛을 막고 그래서 체벌을 받고,

때로는 침묵할 줄도 알아야 한다고
가던 길 멈추고 묵묵히 자기를 바라볼 줄도
알아야 한다고
넌지시 일러준다

— 「목련 고문」 전문

　나무가 웃자라서 풍경을 가리는 경우가 있다. 아파트 거주자에게는 창문을 가리고 햇빛을 막아서 불편해지는 현실적인 문제가 일어난다. 그러나 다른 관점으로 나무는 가로등처럼 서서 꽃향기 흩날리므로 심미적인 영역이다. "산수유, 목련, 산딸나무" 들은 그늘을 안겨주기도 하고 자태만으로도 친구같이 든든하다. 그런데 이 시에서 나무들은 고문을 당하고 있다. "팔 다리 사정없이 잘리고 몸통만" 남아 안타깝다. 생활이 먼저인 잣대로 심미의 세계는 눈에 드러나지 않는다. 보는 이의 내면에 스며들어 생명수처럼 의지의 대상이 되는 면을 헤아리는 여유가 없다.

　시인은 "때로는 침묵할 줄도 알아야 한다고/ 가던 길 멈추고 묵묵히 자기를 바라"는 깨달음을 얻고 있다. 개탄이나 격앙이 아니라는 점에서 인내하는 모습이 의연하게 감지된다.

　이는 이전 작품집에서 이어지는 시인의 기저 사유이므로 귀추가 주목된다. 다섯 번째 시집 제목이자 시편인『황촉규 우리다』에는 닥나무인 황촉규를 우려내어 한지를 만드는 과정이 소개된다. 우선 닥나무를 거두어 껍질을 벗기고 담그고 찌기를 수십 번 거듭한다. 다시 햇볕 쐬고 두드리고 펼치고 다듬으며 품이 많이 든다. 이렇게 한지가 탄생하기까지 정성과 정교한 손길이 필요하듯이 세상에 거저 얻어지는 것은 없다는 견인堅忍의 자세가 관통한다.

　이번 여섯 번째 시집에서도 황촉규를 소재로「다시 황촉규에게」라는 시편이 있다. "닥나무 엉킴을 막고 마음 온도를 조절하는/ 은근함이 배어 있다"거나 "매운바람은 막아주고 설레임의 훈풍은 드나들고", "마음속 아리게 하는 허허로움 말끔히 씻어주는" 표현 역시 통한다.

가느다란 철사 줄로 가슴을 옥죄인다
응어리는 풀어내고 허당은 받쳐주고,
한결 가벼워졌다
수시로 하늘과 땅을 불러들인다
— 「석부작 사랑법」 부분

입 막고 눈 감고 살아온
세월이 어디냐, 잘 참고 참았노라고
한때는 아라공주 궁 안에서 사랑을
독차지 했음직 한
붉은 볼이 선명한 아라홍련
아름답고 당당하다
— 「아라홍련」 부분

혼자서 연습에 연습을 거듭하며
무수히 날개를 퍼덕여 본다
그것만이 사는 길이다
때로는 가시덩쿨에 떨어지고 돌무덤에
내려꽂이는 상처투성이로 뒤뚱거리면서도
다시 또 날개의 균형을 잡아야 한다

113

— 「나그네 새」 부분

　석부작은 '난이나 분재 따위를 돌에 붙여 자라게 하여 만든 관상 장식품'이다. "가느다란 철사 줄로 가슴을 옥죄"이면서도 "응어리는 풀어내고 허당은 받쳐"준다. 그러나 정작 석부작 자체는 가볍다는데 주시할 필요가 있다. 「석부작 사랑법」에서 시인이 난이나 분재를 주인공으로 하지 않고 석부작을 중심소재로 다루는 만큼 석부작에 비중이 실리고 있다. 이 시에서 석부작은 조연이 아니라 주연의 역할을 발휘하고 있다.

　또 "가야시대 함안에 자리 잡은 나라"인 아라국은 오랜 세월 깊은 잠에 들었다. 700년 만에 피어난 「아라홍련」을 통해 지극한 마음을 표현한다. 단아하고 고결한 모습이 절로 이루어진 것이 아니다. 연자육은 상처를 받지 않으면 내처 잠만 잔다고 한다. 누군가의 상처가 생명을 일깨우는 힘으로 작용해 단단히 여문다고 한다. 단단한 껍질을 벗고 싹이 돋고 꽃이 피는 장면은 "아름답고 당당하"게 그려지고 있다.

　"붉은 빰 멧새"를 「나그네 새」에 비유한 것은 집도 절도 없이 떠돌아다녀서 그렇다. 오라는 곳은 없어도 갈 곳이 많아서 날개를 접는 곳이 쉼터가 된다. 부화하여 열흘 만에 어미 곁을 떠나야 하는 운명에 처해 있다. 어린 새는 부지런히 날갯짓을 익혀야 살아남는다. 생존이 달린 문제이다. 구름 뚫고 고개 넘어서 어디나 자유롭게 날기 위해 상처투성이가 된다.

　위 3편의 시는 공통으로 상처를 이겨야 살 수 있는 면에서 진정성이 있고 절박하다. 고통이 굳센 의지와 승화를 낳았다. 생채기며 그림자를 안았기에 서늘한 사랑을 실현하게 되었으리라. 어둠을 견디는 모습이 뭉클하게 와 닿는 시이다. 시인이 그늘지는 부분을 들여다보았기에 시적 대상의 아픔을 공감하는 것이다. 삶의 밝은 편에서는 미처 모르다가 그늘이 지는 쪽에 있을 때 비로소 보이는 풍경이 있다. 그늘진 마음을 교류하는 시인의 온정이 전해온다.

공감은 다정한 시선으로 사람 마음을 찬찬히 볼 수 있을 때 이른다. 사람의 내면을 조각처럼 보지 않고 아우르면서 도달하는 깊은 이해의 단계이다. 지극한 시선으로 대상을 바라보면 무심함도 반성하게 된다. 순례의 길에 오르는 다음의 시를 보자.

이집트의 시내 산을 오르는 길이었지

나무 한 그루 풀 한 포기 없는 돌산 길,

행여 떨어질세라 손이 저리도록

낙타 등에 달린 2개의 봉우리를 움켜쥐었지

서서히 어둠이 걷히기 시작하는 새벽녘

나는 못 볼 것을 보고야 말았어

지그재그로 이어진 가파른 돌계단을 오를 때,

바르르 떨고 있는 가녀린 낙타의 다리

덕지덕지 군살 돋아 갈라터진 무릎

그렁그렁 눈물가득한 눈망울,

방향을 조종하는 채찍소리

낙타의 등에 앉아 조금 더 편하게 산을 오르려는

무심한 나는,

예수님의 성지를 찾아가는 순례의 길이었어

생각 할수록 미안한 순례의 길

― 「낙타에게 미안해」 부분

여행을 통한 여러 지명이 이번 시집에 자주 등장한다. 해당 방
문 지역을 배경으로 하는 토포필리아Topophilia적 의식을 보여준
다. 토포필리아는 정서에 장소를 결합한 용어로 공간에 경험들
이 더해져 친밀한 장소로 만드는 인식이다. 단순한 공간 차원의
개념을 넘어 안정감을 희원하며 존재 의미가 깃들어 있고 성찰
하는 계기가 된다. "이집트의 시내 산을 오르는 길" 즉 이 시에
나타나는 장소는 위치하는 그 이상의 의미로 관심과 특성을 부
여한다. 「낙타에게 미안해」는 생명성과 장소애場所愛가 정서적으
로 연결되어 있다.

"낙타의 등에 앉아 조금 더 편하게 산을 오르려는" 행위가 낙
타의 입장에서 보면 얼마나 버겁고 힘들었을지 시인은 미안한
마음을 갖는다. "지그재그로 이어진 가파른 돌계단을 오를 때,/
바르르 떨고 있는 가녀린 낙타의 다리"가 안쓰럽게 느껴진다.
"갈라터진 무릎"과 "눈물가득한 눈망울"이며 "채찍소리"는 순
례의 길에 생각할수록 측은지심과 반성을 낳는다.

이 시의 배경이 "순례의 길"이므로 수행하는 공간으로 재현되
고 있다. 시인이 작품으로 형상화하는 과정에는 각성으로부터
비롯하고 주제의식으로 연동이 된다. 이 시를 읽다가 편안 하려
는 인간 위주의 이기적인 행위를 돌아보게 된다. 희생하는 동물
의 노고에 대한 연민도 느껴진다. 이렇게 이섬의 시편들은 공감

의 폭이 넓다. 찬찬한 눈길로 곱씹는 일면에 깨달음이 있다. 고통에 당면한 존재와 함께하는 따뜻한 마음이 자리한다. 주위를 돌아보는 시인의 성품은 다정하게 읽힌다. 목청을 높이지 않으며 대상을 배려한다. 비슷한 소재라 하더라도 어떻게 다루며 주제를 발현하느냐가 관건일 텐데, 이섬 시인은 소외된 존재들을 보듬으며 생명의 귀함을 강조하고 새로운 의미로 거듭나게 한다.

요즘 많은 이들이 시가 어렵다고 한다. 그래서 읽지 않는다고 한다. 그러나 삶에서 우러난 시가 아니고 시론에 맞추어서 쓰느라 진정성이 없기 때문이 아닐지 돌아볼 필요가 있다. 온화한 시선으로 서정시의 특장을 발휘하며 감동을 선사하는 이섬 시인의 작품들을 주목하는 이유이다.

이 섬 시집

낙타에게 미안해

발　　행　2021년 6월 15일
지은이　이　섬
펴낸이　반송림
편집디자인　김지호
펴낸곳　도서출판 지혜 · 계간시전문지 애지
기획위원　반경환 이형권
주　　소　34624 대전광역시 동구 태전로 57, 2층 도서출판 지혜 (삼성동)
전　　화　042-625-1140
팩　　스　042-627-1140
전자우편　ejisarang@hanmail.net
애지카페　cafe.daum.net/ejiliterature

ISBN : 979-11-5728-444-3　03810
값 10,000원

* 본 도서는 충청남도와 충남문화재단의 후원으로 발간되었습니다.